# Einfach tierisch!

## Wie Hund und Katz unser Leben aufmischen

FRAU W. AUS S.

**Impressum**

Tanja Welter, Schorndorfer Straße 65/1, 73614 Schorndorf

E-Mail: tanja@tama-concept.de, Tel: 0170/*9704833*



Korrigiertes Exemplar – November 2022



ISBN: 9798779372824

# WIDMUNG

Meinen Brüderchens:
Fabian
Und niemals vergessen
Marc

# INHALT

## EINLEITUNG

Liebe(r) Tierfreund(in),

vielen lieben Dank, dass Du Dich für dieses Buch interessierst. Dafür wird es wohl zwei Gründe geben:

Du liebst Tiere und Geschichten über Tiere.

Du hast Freude an Geschichten über Menschen, die sich manchmal – oder auch öfter reichlich töffelig anstellen.

Dann bist Du sicherlich mit unseren Geschichten gut unterhalten. Wir, das sind die „Regenlandbewohner“ Joy und Nelly. Unsere ersten Australian-Shepherd- Mitbewohnerinnen. Zwei Hunde, die als Schwestern nicht unterschiedlicher hätten sein können und doch so ein hervorragendes Team abgaben. Joy hatte ihren Namen völlig zu recht. Sie freute sich stets über alles und jeden und, wer sich nicht mit ihr freute, für den freute sie sich einfach mit. Nelly war unsere kleine Biotonne und hat uns damit immer wieder in die Nähe eines Nervenzusammenbruchs gebracht, zum Beispiel wenn sie auf der Suche nach Essbarem Mülltrennung vornahm. Sie war aber auch eine liebenswerte Knutschkugel, womit sie den Ärger über die zum Beispiel vernichtete Marzipan-Geburtstagstorte wieder wettmachte… oder zumindest fast…

Dann gibt es da noch Frollein Amy (die wir auch „Mimmi“ nennen, weil sie ein kleines Mimöschen ist), die als waschechte rumänische Straßengöre geboren wurde und dann im Alter von ungefähr acht Wochen zu mir zog. Aus ihr wurde eine ausgesprochene Prinzessin, und man kann getrost sagen: Für Frollein Amy kann es NIE genug Kissen geben. Besonders gerne liegt sie aber in einem wohltemperierten Wasserbett. Selbstverständlich hört Frollein Mimmi auch ganz hervorragend. Sie überlegt nur reichlich gründlich, ob sie einer Bitte (z.B. Komm her... mach Sitz... spuck den Jogger aus) auch wirklich nachkommen möchte.

Frollein Amy hat die Aufmerksamkeitsspanne einer Stubenfliege – wenn sie sich Mühe gibt. Wenn man von ihr so etwas profanes wie „Sitz“ fordert, kann es sein, dass sie gerade einer betrunkenen Hummel hinterherschaut um einen dann mit fragenden Blick anzuschauen.

„Was war jetzt nochmal gefragt? Sitz… Platz… oder war das gestern und ich soll jetzt den Ball holen, den ich niemals ins Maul nehmen werde?“

Prinzessin Nala – unsere weiße Perserkatze - zeichnet sich durch ihre nächtlichen Operngesänge, ihre Übergriffigkeit aus, z.B. zu beschließen, dass sie JETZT in Frauchens Gesicht schlafen möchte! Egal ob diese gerade mit einem Kunden telefoniert und besonders gerne auch bei Besuchern, die in guter Kleidung kommen und mit Fellhose wieder gehen. Außerdem ist Prinzessin Nala die beste Freundin von Frollein Fienchen – die wir noch später vorstellen werden.

Manchmal scheint Nala sich auch mit hoch komplizierten Dingen zu beschäftigen… jedenfalls gehen wir davon aus, wenn sie wieder einmal minutenlang die Wand anmeditiert. Worauf man sich aber auf jeden Fall verlassen kann ist, dass sie einem die Ergebnisse ihrer Berechnung lautstark mitteilen wird. Ob man will oder nicht. Und wirklich: Man will nicht!

Nicht zu vergessen unsere britischen Kurzhaar Katzendamen Miss Sophie und ihre Tochter Lucy. Miss Sophie ist eine sehr eigenständige Katze, die sehr eindrücklich argumentieren kann, wenn sie ihren Willen nicht bekommt.

Da Miss Sophie erhöhte Sitz-/Steh-/ und Schlafplätze bevorzugt, kann es durchaus vorkommen, dass man eine auf den Allerwertesten bekommt, wenn man an ihr vorbeigeht.

Außerdem ist sie unser Ameisenbär, denn sie hat die längste Zunge, die man sich bei einer Katze überhaupt vorstellen kann. Leider findet sie es angemessen, einen stundenlang mit dieser Zunge zu malträtieren… bäh! Und nochmal BÄH! Sie ist die absolute Chefin hier im Haus und auf ihr zorniges „MIAU", reagiert hier jeder. Wirklich JEDER!

Lucy war acht Monate lang ein Kater und hieß Rudi. Wirklich. Jedenfalls haben wir das geglaubt, als unsere Tierärztin direkt nach der Geburt und auch bei der Impfung dies bestätigt hat. Leider wurde

Lucys Bruder nach acht Monaten rollig, so dass wir das Geschlecht doch noch einmal überdenken mussten. Und siehe da, unser „Rudi" wurde spontan zu einer Lucy. Man könnte wirklich guten Gewissens sagen, dass wir ein sehr moderner Haushalt sind. Denn Lucy benimmt sich tatsächlich eher so, dass man vermuten würde sie wäre ein Kater. Also ist sie unser Transgender und das ist für uns absolut ok.

Was eher ein Problem ist, ist Lucys Sprachfehler. Statt einem zarten „Miau", oder einem katerlicherem „EY! MIAU!", bekommt man von Lucy Geräusche zu hören, die einen eher an einen defekten Trabbi erinnern. Es klingt eher nach „RAAAADÄNGDÄNGDÄNNNGGELÄNNG".

Auch über den hübschen Araberwallach „Missiö Amoun“ werdet Ihr hier das eine oder andere lesen. Amoun lebt inzwischen in einer irgendwie gearteten Beziehung mit seinem besten Freund „Erik“. Die beiden erinnern immer wieder an die beiden Opas aus der Muppets-Show.

Einer kann ohne den anderen nicht und sollte Herr Erik sich erlauben irgendwie mit einem anderen Pferd anzubandeln, wird dieses Verhalten sofort von Missiö Amoun diszipliniert.

Zu guter Letzt wäre da noch das neueste Mitglied unserer Familie: „Frollein Fienchen". Fienchen wird sicherlich auch in Zukunft für die eine oder andere Geschichte sorgen. Im Moment benimmt sie sich altersgemäß wie eine Abrissbirne. Ungefähr 20mal pro Tag hört man im Hause W. jemanden rufen: „Neingibsauslassdas! UND SPUCK SOFORT DIE KATZE AUS!" Und obwohl letzteres Prinzessin Nala betrifft, sind die beiden die besten Kumpels.

Fienchen hält uns, ganz nach Aussi-Manier auf Trab. Immer wieder zeigt sie uns, dass ein Aussie ein intelligenter Hund mit ausreichend krimineller Energie ist. Sie wird sicherlich auch in Zukunft für die eine oder andere Geschichte sorgen.

Da einige Bilder aus Handy-Bildersammlungen kommen, bitte ich um Entschuldigung hinsichtlich der Qualität. Sodele, jetzetle: Ganz viel Spaß mit diesem Büchlein.

# Frollein Amys Erziehungs-Blog

## Folgende Regeln sind einzuhalten

### § 1. Hundefutter

**Abs. 1**

Es ist dafür Sorge zu tragen, dass immer (!) das richtige Hundefutter serviert wird

**Abs. 2**

Das richtige Hundefutter kommt weder aus der Dose noch aus einer Tüte, sondern immer von Frauchens Teller!

**Abs. 3**

Frühstück, Mittagsmahl und Abend-Leckerlies sind immer absolut pünktlich und in ausreichenden Mengen zur Verfügung zu stellen! Ob und wann die entsprechende Mahlzeit schließlich eingenommen wird, liegt im Ermessensspielraum des Hundes!

**Abs. 4**

Hundefutter ist KEIN Katzenfutter!

**Abs. 5**

Katzenfutter ist Hundefutter!

**Abs. 6**

Hundenäpfe und sonstige Futter-Darreichungs-Behältnisse, die sich bewegen und dabei Geräusche auf dem Untergrund verursachen, sind unzumutbar.

…es sei denn es befindet sich ein perfekt englisch

gebratenes Steak oder ein Burger hierauf, in diesem Fall tritt eine Ausnahmeregelung in Kraft.

§ 2. **Ruheplätze und Ruhezeiten**

**Abs. 1**

Körbchen, die irgendwelche knisternde, knackende oder raschelnde Geräusche von sich geben, sind inakzeptabel!

**Abs. 2**

Wohltemperierte Wasserbetten sind geeignete Ruheplätze, sofern sie über entsprechend kuschelige Kopfkissen verfügen und genügend Platz aufweisen, um den mitgebrachten und zu bewachenden rohen Rinderknochen fachgerecht zu verbuddeln.

**Abs. 3**

Hundebetten sind KEINE Katzenbetten!

**Abs. 4**

Katzenbetten sind Hundebetten!

**Abs. 5**

Die vertraglich vereinbarten Ruhezeiten von 11 bis 17 Uhr, 18 bis 23 Uhr, 23.30 bis 9.30 Uhr sind unbedingt einzuhalten. Für eventuelle Notfälle jeglicher Art (Verdauungsprobleme oder das Bedürfnis um 4 Uhr morgens an Blümchen zu riechen) hat man sich in Bereitschaft zu halten.

**Abs. 6**

Lautstarkes Hundeschnarchen ist ein Zeichen des

Wohlbefindens und der Gesundheit förderlich.

**Abs. 7**

Lautstarkes Menschenschnarchen ist scheisse und zu unterlassen!

§ 3. **Pflege**

**Abs. 1**

Finger weg von Krallenscheren!

**Abs. 2**

Finger weg von den Hundekrallen!

**Abs. 3**

Regelmäßiges Bürsten ist vorzunehmen. Ob dies bei kurzem Fell oder langem Fell notwendig ist oder nicht, entscheidet der Hund!

**Abs. 4**

Güllebäder gelten NICHT als Geruchsbelästigung!

**Abs. 5**

Badewannen sind kein geeigneter Aufenthaltsort für Hunde!

**Abs. 6**

Fahrer und Beifahrersitz im Pkw dienen der fachgerechten Trocknung des schlammnassen Hundes und sind somit zeitlich ausreichend zur Verfügung zu stellen! Es ist auch dafür Sorge zu tragen, dass diese Bereiche jederzeit erreichbar sind. Ein Anschnallgurt, der den Vierbeiner auf der Rückbank hält, oder gar eine

Hundebox sind unzulässig!

**Abs. 7**

Hundemäntel sind zwar zweckdienlich, lassen den Vierbeiner allerdings dick aussehen und sind damit als Accessoires unzumutbar!

## § 4. **Der Umgang mit dem Hund**

**Abs. 1**

Die Worte „Sitz“, „Platz“ und „Bleib“ sind allenfalls Vorschläge, die als freundliche Bitte in ganzen Sätzen zu formulieren sind!

**Abs. 2**

Der Hund kann selbst entscheiden, ob er aktuell das Blümchen interessanter findet als Frauchen!

## § 5. **Besucher**

**Abs. 1**

Besucher werden gerne gesehen, sofern sie den Hund nicht unbedingt streicheln wollen, sondern lediglich ein Leckerlies rausrücken. Die Qualität des Leckerlies wird bereits an der Eingangstür überprüft und der Zutritt zur Wohnung entsprechend gestattet oder überdacht.

**Abs. 2**

Der Postbote – ob persönlich bekannt oder nicht – darf die Wohnung jederzeit betreten. Es könnte in jedem Paket das neue Hundefutter sein.

**Abs. 3**

Das Mitbringen von Besucherhunden ist nach Möglichkeit zu vermeiden! Sollte dies ausnahmsweise nicht möglich sein, ist dafür Sorge zu tragen, dass sich der Bewegungs-Radius des Besucherhundes auf ein Minimum beschränkt. Ein bis zwei Fliesen-Platten sollten hierbei ausreichend sein!

## Besuch von Missiö Filou

Es begab sich am 21.9. des Jahres 2020, als Herr B. aus A. mit seinem "inselbegabten Riesen-Nasen-Fachidioten-Major-außer-Dienst-Cockerspaniel-Opa" Filou, Frau B. aus F. besuchte. Nachdem der Fachidiot-Major a.D. den Begrüßungsanschiss von Frollein Mimi ("WaswillstDuhier" , "Allesmeinsaußerdiekatzendiekannstehaben", "weheDuholstzutiefLuft", "PfotenwegvonmeinemFutterFressplatzWasserHerrchenFrauchenundüberhaupt"!!!!!) kassiert hatte, machte er sich auf die gewissenhafte Untersuchung der Wohnung und des Gartens der Familie B. Das amüsierte Grinsen von Frau B. wischte er dieser mit dem Hinweis, "bei einer so untalentierten Hausfrau wisse man ja nie", aus dem Gesicht. Nachdem zunächst der Garten untersucht und mit einem Elefanten-Schiss sowie einem Tsunami an Frau B's gerade frisch gepflanzter Kletterpflanze, zur nahrungsmittel- und dank der intensiven Duftnote auch zunächst menschenfreien Zone erklärt werden konnte, erfolgte die ordnungs- und fachgerechte Untersuchung der Wohnung. Selbstverständlich unter den gestrengen Blicken von Frollein Mimi. Fündig wurde man dann in der Küche. Dort erfasste der Nasenmajor a.D. die Situation SOFORT! Eine zu Täuschungszwecken geöffnete Geschirrspülmaschine (wer bitte glaubte denn wirklich daran, dass Frau B. den Geschirrspüler selber ausräumen würde?) erschien ihm reichlich verdächtig und siehe... oder rieche da: Unter dem Geschirrspüler versteckte sich ein Napf mit Katzenfutterresten! Als könnte man einen erfahrenen Fachidiotennasenveteran täuschen.

Also bitte!!!

Da Missiö Filou nicht nur im Suchkommando hervorragend ausgebildet war, sondern auch in der Säuberungskompanie einen hohen Rang bekleidete, übernahm er diesen Einsatz höchstpersönlich.

Wat sin´ma nich´froh...

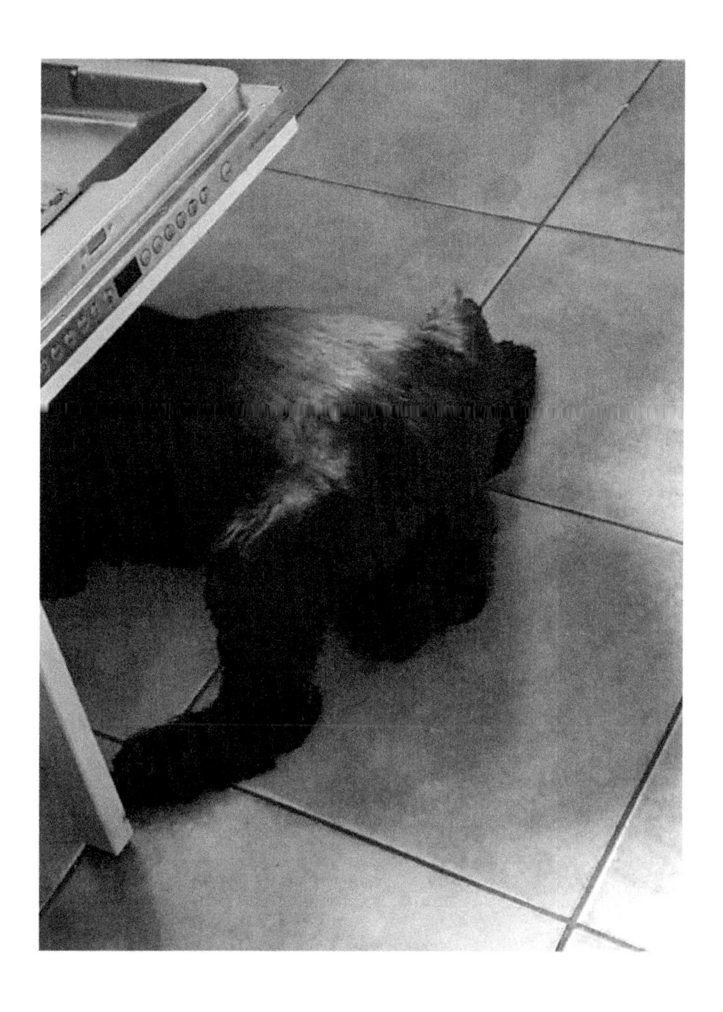

## Der depressive Kaktus

Frau B. aus F. und Nala waren zu Besuch im Schwäbischen. Nun begab es sich dass sich Frau B. im Badezimmer befand, als es aus Richtung Wohnzimmer kräftig schepperte. Frau B. ahnte Böses und stürzte besorgt aus dem Bad. Gleichzeitig hoppelte Nala aus der Küche, schaute Frau B. vorwurfsvoll an und mauzte empört, ob der doch sehr geräuschvollen Störung. Im Wohnzimmer zeigte sich dann, dass irgendjemand - selbstverständlich nicht die weiße Plüschwurst - den armen Kaktus hingerichtet hatte.

Die Plüschwurst behauptete allerdings, der Kaktus leide schon seit längerem unter Stimmungsschwankungen und habe sich aus freien Stücken von der Fensterbank gestürzt. Die Dreckspur, die vom Erdhaufen auf dem Wohnzimmer-Teppich in die Küche führte und die verdächtig nach Blumenerde aussehenden Brösel im Fell des Wuschelpuffels wären selbstnatürlich nur Zufall und hätten mit dem suizidalen Verhalten des bekanntlich mental instabilen Kaktus ÜBERHAUPT NICHTS ZU TUN! Einen letzten verächtlichen Blick auf den Kaktus werfend verließ Prinzessin Nala hoheitsvoll den Tatort und die etwas ratlose Frau B. aus F.

Jetzt wäre also noch die wichtige Frage zu klären: Kennt jemand einen Psychiater für Kakteen??

Colour
91
93

## Der unfreiwillige Badetag...

Eines schönen Tages lustwandelten Frollein Amy und Frau B, aus F. durch die herbstlichen Felder und erfreuten sich der schönen herbstlichen Farben und der besonderen, frischen Herbstluft. Und dann kam ER... DER Duft... dieser besondere, wenig erfrischende Duft nach frisch ausgefahrener Gülle.

Während Frau B. aliengrün im Gesicht wurde und dachte: „Verflixte Sch....!!!“, blitzte bei Frollein Amy ein einziger Gedanke auf: „Hundewellness!!!! Endlich!!!“.

Da Frau B. zwar bekanntlich bekennende Blondine mit einer Neigung zu Ruhepausen auf der Geistes-Leitung ist, aber durchaus schon die eine oder andere Güllekatastrophe mit Frollein Mimi erlebt hatte, sprang sie geistesgegenwärtig auf Frollein Mimi zu und bekam diese gerade noch rechtzeitig am Halsband zu fassen.

Mit stolz erhobenem Kinn und dem guten Gefühl, Frollein Amy den Wellnesstag versaut und damit diversen Polster-Innereien der Wohnung von Frau B. das Leben gerettet zu haben, schritt Frau B. mit der sichtlich enttäuschten und auf´s äußerste schmollenden Frollein Mimi weiter.

Ungefähr drei güllefreie Felder später hielt Frau B. Frollein Amy eine eindringliche Predigt über die Gefährlichkeit von Güllefeldern und drohte sogar mit harten Maßnahmen wie einem Schonwaschgang in der neuen Waschmaschine des Hauses B.. Nach dieser vermeintlich eindringlichen Rede fühlte sich Frau B. sicher genug, um Frollein Mimi wieder von der Leine zu lassen, schließlich wollte man ja auch kein Hundequäler sein... und so...

Jaaaa... natürlich war es absehbar, wie es kommen würde... für jeden! Nur nicht für Frau B.! Wir erinnern uns an dieser Stelle wieder an die Blondine mit der Neigung zu geistigen Ruhepausen? Frollein Amy wedelte freundlich mit dem Schwenni, blieb brav sitzen, bis das entsprechende Kommando kam, schaute noch einmal besonders lieb und süß... und machte dann auf dem Absatz kehrt, ließ Frau B. in einer kleinen Staubwolke stehen, lief in die Mitte des Feldes... und nahm das genüsslichste und gründlichste Güllebad der ganzen Hundegeschichte. Was Frau B. tat? Selbstverständlich erst einmal ihre Brillengläser von der Staubschicht befreien. Dann mit heruntergeklappter Kinnlade Frollein Amy hinterherschauen. Dann brüllen: „NEIN! DAS TUST DU JETZT NI...! DAS GLAUBE ICH JETZT NICHT!!!! DU ALTE *PIIIIEP!!!! HÖR SOFORT AUF DU *PIEP! NICHT NOCHMA...! BOAH! DU ALTE *PIIIIIIIEEEEEP!!!!!!!!!!!!"
Nachdem sich Frollein Amy genüsslich und sorgfältig an ALLEN Stellen ihres Luxuskörpers die Gülle ins Fell eingearbeitet und noch eine Schicht oben drauf gepackt hatte, rannte sie wieder zu Frau B. Zeugen behaupten, Frollein Mimi hätte fast im Kreis gegrinst und Frau B. die Zunge rausgestreckt. Aber Frollein Amy ist ja kein unsozialer Hund, und so gab sie Frau B. ein bisschen was von ihrer Güllepackung ab, indem sie sich ein paarmal an deren Hosenbeinen rieb.

Der Rückweg zum Hause B. war … sagen wir mal... „interessant“ (was man an dieser Stelle sehr getrost als Synonym für „grauenvoll-ekelhaft-peinlich“ sehen kann). Passanten wechselten die Straßenseite und Frau B. hangelte sich von Busch zu Strauch etc. immer in der Erwartung, dass sich das Frühstück auf ein Wort nochmal melden und Frau B.´s Magen verlassen wolle. Endlich zu Hause angekommen, verfrachtete Frau B. Frollein Amy umgehend in die Badewanne. Selbstnatürlich war Frollein Amy absolut dagegen. Sie argumentierte, dass die Güllepampe noch nicht ausreichend lange eingewirkt habe und man den ganzen Wellness- und Kosmetikeffekt kaputt machen würde, wenn man die Kruste vor Ablauf mehrerer Tage entfernen würde.
Unverständlicherweise stieß sie damit bei Frau B. auf taube Ohren – was unter Umständen an den ganzen Schals, Tüchern und Mützen (letztere zur Fixierung der ersteren) gelegen haben könnte, mit denen Frau B., sich vor der dezent üblen Geruchsbelästigung zu schützen versuchte.
Während also die Katzen im Hause B. bereits den Tierschutz informiert und ihre Koffer gepackt hatten (mit einem Hund zusammenzuleben war schon fragwürdig, aber mit SO einem Hund, das kann man wirklich absolut keiner anständigen Katze zumuten!), bemühte Frau B. sich um das Hundebad. Zunächst wurde die Gülleschicht mit angenehm warmen Wasser aufgeweicht. Dann griff Frau B. nach dem Hundeshampoo extra sensitiv, hantierte in einer Hand mit Duschkopf und Shampoo-Flasche und goss sich eine großzügige Menge auf die andere Hand. Genau auf diesen Moment

hatte Frollein Amy gewartet und sprang mit einem beherzten Satz aus der Wanne.

Dabei rutschte Frau B. der Duschkopf aus der Hand. Und wo landete dieser? Natürlich! Genau so in der Wanne, dass der Strahl Frau B. direkt ins Gesicht traf. Und was tat Frau B.? (Auch an dieser Stelle erinnern wir uns an Haarfarbe und das besondere Verhältnis zu „geistigen Leitungen") Genau! Frau B. wischte sich mit der beshampooten Hand durchs Gesicht.

Irgendwann waren dann die tanzende Duschbrausen-Schlange eingefangen und Frau B.´s Gesicht dank sensitiv Hundeshampoo sauber und Frau B. machte sich – fluchend wie ein Seefahrer... vergesst dies, jeder Seefahrer hätte bei Frau B. Unterricht nehmen können – auf die Suche nach Frollein Amy.
Ahnt Ihr es schon? Nein? Was wäre wohl der absolut schlimmste Ort? Der Ort an dem man seinen begülleten Hund AUFGARKEINENFALLNIEUNDNIMMERNICHT finden möchte?
Rischdich! Das Bett! In dem sich der Hund – wir erinnern uns an die gerade aufgeweichte Gülle-Kruste – genüsslich abgetrocknete!

Und jetzt hätten dann auch die Seefahrer rote Ohren bekommen, denn unter lautem nicht jugendfreiem Motzen und Fluchen trug Frau B. die Gülletante wieder in die Wanne. Dort gab es dann einen weiteren Versuch mit dem sensitiven Hundeshampoo... und dann mit dem Aloevera Babyshampoo... und dann mit Frauchens Luxusshampoo...

und dann mit Herrchens intensiv riechendem Duschgel... Danach wurde die – immer noch mehr oder weniger dezent, mehr weniger, nach Gülle duftende Wellnesskröte abfrottiert und entlassen. Selbstverständlich verzichtete Frollein Amy nicht auf die Deutlichmachung ALLER sie belastenden Emotionen. Enttäuschung.. Empörung... Entrüstung... zutiefst verletztes Vertrauen... wir gehen davon aus, dass Frau B. am nächsten Tag von Frollein Amys Anwalt gehört hat.

# Die Gefahren des Homeoffice

Während vieler ihrer Freundinnen ihren Nachwuchs zu Hause „pädagogisch wertvoll" bespaßen müssen, hat Frau B. das vermeintliche Glück, dass sie ihr „Office" nur mit ihren vierbeinigen Mitbewohnern teilen muss.

Kein Problem… sollte man denken… Sehen wir uns doch einmal einen normalen Arbeitstag von Frau B. an. Zunächst einmal scheint es schwierig zu sein, auch im Homeoffice, pünktlich zur Arbeit zu kommen. So kann es sein, dass ein Kollege Frau B. anruft, während diese noch auf einem Bein hüpfend versucht, den Eingang ihrer Büro-Jogginghose zu finden. Ist dies gelungen und Frau B. schafft es, ein vernünftiges Gespräch ohne unflätige Flüche zu führen, ist der Start in den Tag eigentlich schon geglückt… könnte man meinen. Selbstverständlich hat die vierbeinige Wohnungsterroristen-Bande auch ihre täglichen Aufgaben zu erfüllen.

Diese sind wie folgt abzuarbeiten: Gespräche auf Miauisch führen… selbstverständlich in voller Lautstärke, während ein Kunde sich am Telefon fragt, wer im Hause B. gefoltert und gevierteilt wird. An den Tagen, an denen diese Aufgabe von Lucy übernommen wird, besteht noch das Problem, dass diese ihren kätzischen Sprachfehler auslebt. Dieser äußert sich darin, dass sie sich nicht wie eine jaulende Feuerwehr/Katastrophen-Sirene anhört, sondern vielmehr wie eine defekte Zweitakt-Maschine. Also mehr nach „RÄÄÄÄÄÄÄNGEDÄNGEDÄNGDÄNGDÄNG".

Ist diese Aufgabe abgearbeitet, tritt Nala auf den Plan. Diese muss sich mindestens drei bis fünfmal am Vormittag über die Lehne des Schreibtischstuhls hangeln, um über die Schulter in Frau B.'s Gesicht zu klettern. Ja! Wirklich! INS GESICHT! Das hat zur Folge, dass Frau B. hin und wieder während eines Telefonats ihre undeutliche Aussprache erklären muss. Parallel zu diesem Arbeitsschritt, tritt Miss Sophie ihren Job an, indem sie regelmäßig über die Tastatur stolziert und damit kryptische – den entsprechenden Empfänger zu Nachfragen animierende – Mails verschickt. Und ganz selbstnatürlich zeigt sie ihren Katzenluxus-Körper genau dann, wenn eine Videokonferenz im Gange ist.

Home-Scooling? Frau B. hat schon versucht, diese Aufgabe an den Hund der Familie zu delegieren. Allerdings ist Frollein Mimi schon ausreichend damit beschäftigt, sich lautstark mit dem Nachbarshund zu unterhalten, wenn dieser es wagt, an den Fenstern der Familie B. entlang zu flanieren.

Man stelle sich also bitte die Kombination aus lautem Proletengebell á la „Ischmachdischsowatvonferddischdassdichdeimuddernichmehrkennt" und einem defekten Trabbi

„RÄÄÄÄÄÄÄDÄNGEDÄNGDÄNGDÄNG“ sowie der plötzlich durch Perserfell gedämpftnuscheligen Stimme von Frau B. vor. Habt Ihr´s im Ohr? Ja?

Herzlich willkommen im Homeoffice B., hier läuft alles ganz professionell… Und wundern Sie sich bitte nicht über krytischejk ölkja ölskjeaö ljerlkö jerlökjer löwkjölkdfjladkjfa lsdkfjlöaksjdfalkfaskdjfalöskdfjas ljwo Mails

## Die heldinnenhafte Rettung der Hummelkönigin

Familienspaziergang der Familie N. aus A. mit Tante B. aus F. in den idyllischen Weinbergen des Kaiserstuhls.

Während die Neffen von Frau B. intensiv damit beschäftigt waren, Pusteblumen im Namen der Blumenfortpflanzung zu köpfen, waren Frau N. und Tante B. in ein höchst intellektuelles Gespräch verwickelt (in der Realität handelte es sich eher um das Gejammer ob des steilen Anstieges des gewählten Weges), als ein lautstarkes Hummel-Brummen sie unterbrach.

Zunächst etwas irritiert schauten sich die beiden Damen um, auf der Suche nach dem unhöflichen Störenfried.

Es war schließlich Herr N., der fündig wurde und am Wegesrand eine entkräftete Hummelkönigin entdeckte.

Kurzerhand wurde ein Familienrat einberufen und überlegt, wie man der Hummeldame behilflich sein könne.

Frau N. merkte an, dass sie mit „Fenchel-Anis-Honig-Bonbons" bewaffnet sei und bot großzügig an, einen dieser Bonbons zur Hummel-Rettung zur Verfügung zu stellen.

Gesagt getan: Frau B. sammelte Frau Hummel ein, Herr N. hielt einen Vortrag über die Farbe des Hummelhinterteils und erteilte Anweisungen, wie Frau N. den Rettungs-Bonbon zu bearbeiten habe, damit die Nährstoffe optimal von der Hummel-Majestät verwertet werden könnten.

Nachdem Madame Hummel in Sicherheit und den Möglichkeiten entsprechend optimal versorgt worden war, wurde der Familienspaziergang fortgesetzt.

Frau N. aus A., und Frau B. aus F. nahmen ihr ernstes und höchst sachliches Gespräch über unnötige Anstiege in Weinbergen wieder auf.

Sie diskutierten mit Herrn N. über die Möglichkeiten, den Spaziergang in einem Taxi fortzusetzen, alternativ Frau B.´s Neffen als „Personen-Transport-Esel“ in Zwangsverpflichtung zu nehmen.

Als man die Kinder von letzterer Option in Kenntnis setzte, zeigte sich deutlich und sehr (!) einprägsam, dass „Pusteblumen-köpfende Stöcke“ eine ausgezeichnete Argumentationshilfe sein können.

Frau N. und Frau B. setzten den Spaziergang schweigend fort.

## Ein Tag mit Kater Karlchen...

4:00Uhr Karlchen besucht die Katzentoilette und sorgt durch lautes Mauzen und minutenlanges Scharren dafür, dass auch die gesamte Familie B. am Ergebnis seiner Bemühungen teilhaben kann.

4:05Uhr Karlchen fasst spontan den Beschluss, dass die Nacht zu Ende zu sein hat, und startet sein morgendliches Fitness-Programm. Selbstnatürlich ist der am besten geeignete Ort hierfür das Bett. Füße für Ringkämpfe, Bäuche zum Trampolin-Springen und Frau B.`s Haare zum Wühlen. Noch Fragen?

4:15Uhr Frau B. klemmt sich Karl unter den Arm und stolpert böse fluchend die Treppe runter in die Küche, um das freche Ding in die Mikrowelle zu stopfen. Entscheidet dann aber, dass zu wenig dran ist, und öffnet statt dessen eine Dose Katzenfutter. Zu ihrer absoluten Erleichterung scheint das Fitnesstraining hungrig gemacht zu haben, und so schleicht sie auf Zehenspitzen von dannen und wirft sich wieder ins Bett... Das sie inzwischen allerdings mit einem Hund und der anderen Katze (Minsie) teilen muss.

4:25Uhr Explosionsartig verlassen Hund und Minsie das Bett, der Grund? Karlchen ist zurück und hopst wie ein betrunkener Kanarienvogel ohne Flügel, durchs Bett.

4:30Uhr Karlchen legt sich schlafen. Mit der Nase direkt an Frau B.´s Ohr. Frau B. untersagt sich und allen anderen im Raum das Atmen. Terror-Karlchen könnte ja wieder aufwachen.

7:00Uhr Karlchen bewegt sich und rutscht von Frau B.´s Kopf. Selbstverständlich versucht er sich festzuhalten.

7:05Uhr Frau B. betrachtet im Badezimmerspiegel die Markierungen für Ihr neues Ohr-Piercing.

7:30Uhr Karlchen weist höflich darauf hin, dass es Zeit für sein zweites Frühstück sei.

7:31Uhr Karlchen weist höflich darauf hin, dass es nicht das richtige Frühstück sei.

7:32Uhr Frau B. zeigt Karlchen einen Vogel und weist ihrerseits daraufhin, dass gefressen wird, was im Napf ist.

7:33Uhr Karlchen droht lautstark mit Amnesty International.

7:34Uhr Frau B. öffnet die richtige Dose Katzenfutter.

7:43Uhr Karlchen geht schlafen.

9:30Uhr Karlchen kommt die Treppe runtergehoppelt, setzt sich mitten ins Wohnzimmer, gähnt und streckt sich. Die drei Hunde der Familie erstarren kurz und verkrümeln sich in geduckter Haltung still und leise in ihre Körbchen

12:00Uhr Karlchen befindet, dass die Nudeln von Frau B. durchaus geeignetes Katzenfutter sind. Frau B. isst im Stehen weiter.

14:00Uhr Karlchen empfindet die Störung durch den Staubsauger als persönliche Beleidigung und verurteilt die Hausschuhe von Frau B. zu einer Prügelstrafe. Unnötig zu erwähnen, dass Frau B. drinsteckt.

16:00Uhr Minsie-Katze versucht Karl auf den Balkon zu locken. Vermutlich um ihn runterzuschubsen.

17:00Uhr Karlchen tobt mit quietschenden Pfoten durch das Wohnzimmer. Frau B., die drei Hunde und Minsie quetschen sich ängstlich mit eingezogenen Füßen, Pfoten und Schwänzen auf das Sofa und versuchen, unauffällig auszusehen. Nachdem alle gesehen haben, was der armen Stoffmaus passiert ist...

19:00Uhr Minsie-Katze erbarmt sich und tobt mit Karlchen die Treppen rauf und runter. Es klingelt und ein Nachbar erkundigt sich nach der Abrissparty.

21:00Uhr Karlchen liest mit Frau B. ein Buch... Beziehungsweise er liest, während Frau B. permanent seinen Po vor der Nase hat.

23:00Uhr Karlchen geht schlafen und erlaubt Frau B., ihm als Kissen zu dienen.

04:00...

## Filou… der kleine Fachidiot mit der großen Nase

Frau B. aus F. war zu Besuch bei ihrem Vater, Herrn B. aus A. … wobei… wenn man den Hund von Herrn B. fragt, waren Frau B. und das Frollein Amy eher bei ihm zu Besuch und sind überhaupt selbstverständlich den langen Weg in den Norden nur seinetwegen gefahren.

Filou, der schwarze Cocker-Spaniel des Herrn B. , besticht nicht nur durch seinen herzallerliebsten Blick – denn er schielt einen über seine große Nase einfach zu süß an -, sondern auch durch seine ausgesprochene Geschicklichkeit und Koordination…. Ok, ok… hin und wieder kommt er beim Durchzählen seiner vier Pfoten durcheinander und vergisst auch seine übermäßigen Schlappohren – was schon damit endete, dass er sich selbst auf die Ohren trat und in höchst elegantem Flug auf die große Nase fiel – aber darüber schweigen wir lieber.

Auch darüber, dass er Herrchen B. immer wieder mit seinem Cocker-Blick um die Pfote wickelt und deshalb die Bodenfreiheit eines Rauhaardackels hat… verlieren wir kein weiteres Wort.

Zurück zum Besuch von Frau B. – während es Frollein Amy völlig klar war, dass sie kein 0,9m x 2m Bett mit Frau B. teilen konnte und Frau B. auch nicht auf das Hundereisekissen passte, hatte Herr Filou dafür natürlich so überhaupt kein Verständnis. Völlig selbstverständlich sprang er also zu Frau B. ins Bett… also mangels Platz - und selbstverständlich aus tiefstempfundener Zuneigung – „auf“ Frau B.

Unter Schnapp-Atmung leidend versuchte Frau B. , sich von dem anschmiegsamen Cocker-Dackel zu befreien,– der aber plötzlich zu einem japanischen Aikodo-Meister mutierte und keinen Millimeter zu bewegen war. Erst nach ausgiebiger Gesichtsbesabberung mit einigen Schlappohr-Wischern war der Cocker-Dackel bereit, zumindest Richtung Fußende umzuziehen, so dass Frau B. immerhin eine Fläche von 0,9m x 1m zur Verfügung hatte. Der glückliche Cocker-Dackel unterhielt Frau B. und Frollein Amy noch mit einem vieltönenden Schnarchkonzert, so dass Frau B. am nächsten Morgen mehr im Halbkoma denn wach aus dem Bett rutschte.

Nach etwa einem Liter Kaffee intravenös begab sich Frau B. mit den beiden Hunden zum Spaziergang in die Weser-Marsch. Wir schieben es mal auf Frau B.´s „halbwachen Zustand", dass es zu folgender Situation kam:

Frau B. bewunderte die großen Marsch-Wiesen und eine große Herde Dammwild, die friedlich darauf äste. Während Frollein Amy sich nicht besonders für die großen Viecher mit dem merkwürdigen Kopfschmuck interessierte, hatte Frau B. nicht bedacht, dass es sich bei Herrn Filou ja um einen Jagdhund handelte, der selbstverständlich an jeglicher Art von Wildfährte interessiert zu sein hatte – aus geschichtlichen… familiären Gründen und so…

Und genauso kam es dann auch. Herr Filou fand sein Interesse an der Fährte des Dammwilds. Und zwar NUR an der Fährte! Die dicke Nase direkt am Boden hoppelte er über die Wiese… direkt durch die unerschrockene Herde Dammwild hindurch. Die hübschen Tiere schauten etwas verwundert auf die schwarze Kugel, die da im Slalom durch ihre Beine wuselte – und hielten sich dann weiter ans Futter. Einige wenige sahen der Cocker-Kugel etwas verwundert hinterher, wieder andere hüpften ein paar Meter davon… da sie aber nicht verfolgt wurden, sondern der Cocker-Dackel - immer noch die Nase am Boden – Slalom über die Wiese lief, blieben sie stehen und freuten sich weiter über das gute Gras.

Nachdem Frau B. endlich aufgewacht war, einen Panik-Anfall überwunden und ihren übermüdeten Hintern über eines der Weidetore gehievt hatte, war Frollein Amy, die den Eindruck machte, sich zunächst von einem Lachanfall erholen zu müssen, –der Meinung, sie müsse den Fachidioten zurück bringen. Kurzerhand galoppierte sie Herrn Filou hinterher, verpasste ihm einen Schulterrempler und brachte ihn zurück zu Frau B..

Auch diese Aktion wurde vom Dammwild nur mäßig interessiert beobachtet… und auch auf dem Rückweg durch die Herde nahm Herr Filou keine Notiz von den großen Tieren.

Damit ist es klar. Auch unter den Tieren gibt es „Nerds“

## Schwäbische Maisfelder

Maisfelder sind super... voll in echt...

Frau B. und Amy sind auf Besuch im Schwabenländle. Das Frollein Amy ist der festen Überzeugung, dass auch die schwäbischen Maisfelder erforscht gehören, denn sicherlich findet sich da noch das ein oder andere noch nicht entdeckte "nichtquietschende" Mäusevolk.

Irgendwann verliert Frau B. dann die Geduld mit der forschenden Wissenschaft und brüllt das Maisfeld an, es möge jetzt gefälligst mit dem *piiiieeeep* aufhören und die blöde *piiiieeeep* solle jetzt gefälligst und sofort auf der Stelle ihren pelzige A*piiiiieeeep hierher bewegen.

Als ein vorbeiziehender Sonntagsspaziergänger sich missbilligend räuspert, wirft Frau B. einen beschämten flüchtigen Blick zur Seite.

Dort liegt im perfekten Platz - quasi bei Fuß - das Frollein Amy und starrt böse das unkooperative Maisfeld an.

## Projekttag der Grundschule. Thema: Pferde

Eine Freundin von B. kam auf die glorreiche Idee, dass sie mit ihrer ersten Grundschulklasse Frau B. und deren Pferde besuchen könne.

Frau B. bemühte sich redlich, die Kinder von einer Heuschlacht abzuziehen und ihnen die Bedürfnisse und die Schönheit von Pferden nahezubringen.

Ersteres gelang weniger bis gar nicht, zweiteres… nun sagen wir mal so, man war sich hinterher einig, dass Pferde vier Beine haben und schnell sein können – das waren die relevanten Fakten für die Jungs der Klasse.

Die Mädchen bewunderten noch den schönen Schweif und das Mähnenhaar und bemühten sich, den Pferden eine schöne Flechtfrisur angedeihen zu lassen … was später einer waschechten Rasta-Frisur ähnlicher war als dem geplanten französischen Zopf. (Für alle die weder mit dem einen noch mit dem anderen etwas anfangen können: Eleganz vs. explodierter Wischmopp)

Als Frau B. schon dachte, sei glatt verlaufen – die Heuschlacht ohne größere Schäden, die Reitversuche der Minni-Cowboys ohne Stürze und die Pferde kugelrund von den vielen Leckerlies…,

piepste eine Stimme:

„Boah! Der Amoun ist ja ein Junge!!!“

andere Piepsstimme: „Näää, das nennt man Hengst!“

Frau B: „Fast, der Amoun ist ein Wallach“ (sofortiger gedanklicher Schlag auf den eigenen Hinterkopf und heftigste Beschimpfung der eigenen Person wg. der perfekten Steilvorlage!)

eine andere Piepsstimme: „HÄH?? Was isn der Unterschied zu einem Hengst???“

Frau B: „Aaaalso“ (hilfloser Blick zur Klassenlehrerin)

Klassenlehrerin: „Seid mal alle ganz still, die Frau B. erklärt Euch den Unterschied zwischen Hengst und Wallach!“ (hämisches Grinsen).

Frau B: „also äääääh...“ (heftigste, gedankliche Beschimpfung der Klassenlehrerin)

Piepsstimme (kräht eher als piepst): „Ein Wallach kann keine Babys mehr kriegen.“

Frau B: (schon fast erleichtert) „GENAU! Sojetztdürftihrallenocheinleckerliegebenbevorihrheimgeht!“(japsend luft holend)

Krähstimme: „WIESO KANN EIN WALLACH KEINE BABIES MEHR KRIEGEN?“

Frau B: (schluckt/räuspert/piepst) „Also...ja...also...ähm...dem Hengst wird etwas entfernt...“

Krähstimme: „Ich weiß es!!! Das geht wie bei den Kaninchen! (Lautstärke wird gesteigert) DENEN WIRD DER PIMMEL ABGESCHNITTEN!!!“

Alle anderen Kräh- und Piepsstimmen: „GEENAAU!!! DENEN WIRD DER PIMMEL ABGESCHNITTEN!!!“

Frau B: „Also nicht so ganz, aber was passiert, erklärt euch eure Klassenlehrerin!“ (gedanklich dabei die Zunge Richtung Klassenlehrerin rausgesteckt!!!)

## Die Katze auf dem Blechdach

ca 0:15 Uhr

Frau B. schrak, geweckt durch Gemaunze, Gescharre und Kratzen aus dem Bett auf. Die Herkunft der Geräusche war schnell lokalisiert.

Kater Karl war aus dem Dachfenster gekrabbelt und über das Blechdach der darunter liegenden Gaube in die Regenrinne gerutscht.

Da das Blechdach mit einer kleinen Eisschicht bedeckt war, scheiterte jeglicher Versuch Karls, wieder nach oben zu gelangen, und endete jedesmal wieder in der Regenrinne.

Frau B., bekanntermaßen blond, kam auf die Idee, eine Bettdecke aus dem Fenster zu schmeißen... Selbstverständlich ohne diese vernünftig festzuhalten.

Nach sekundenlanger Selbstbeschimpfung und Schlägen auf die Stirn, kam Frau B. dann auf die Idee, der Bettdecke hinterher zu krabbeln.

Natürlich optimal bekleidet mit Tanktop und Boxershorts... Was Karl in der Zeit gemacht hat? Misstrauisch das bekloppte Frauchen anstarren und hin und wieder einen beschämten Blick in die Umgebung werfen, ob ihn auch ja niemand mit der Verrückten sieht, die da leicht bekleidet und unflätig fluchend aus dem Fenster hängt.

Nachdem Frau B. endlich einen Zipfel der Bettdecke erwischt hatte, fand Karl, dass es an der Zeit wäre, seine Regenrinne zu verlassen und sich auf der gemütlichen Bettdecke niederzulassen. Keine Spur davon, evtl wieder zurück in die Wohnung zu klettern. Stattdessen wurde Frauchen mit Schnurr- und Gurr-Lauten dazu aufgefordert doch auch raus zu kommen. Wäre ja auch nicht mehr weit gewesen, schließlich hing Frau B.s Hinterteil ja schon im Freien.

Unter weiteren wüsten Beschimpfungen des uneinsichtigen Katers gelang es Frau B. dann,mit einem beherzten Nackengriff den Wohnungs-Terroristen einzufangen.

## Hundefacebook gem. Frollein Amy

Das Frollein Amy gehört zu jenen Hundedamen, die notfalls noch die Luftfeuchtigkeit inhalieren, um ja auch noch ein paar Kommentar-Pipi-Tropfen an einem bereits sehr frequentierten Blümchen oder Grashalm zu hinterlassen.

Wobei man dies vielleicht doch noch etwas differenzierter betrachten muss. Das „hündische Facebook" funktioniert evtl. wie folgt:

Langer Pipi-Strahl (ausführliche Personenangaben):

„Name: Frollein Amy; Alter: Geht Dich garnix an; Stimmung: Angepisst; Auftrag: Als Checker vom Viertel unterwegs und wenn Du nicht aufpasst, zeigt Dir Frauchen mal wie stark ich bin!"

Gemäßigter Pipi-Strahl (kleiner Kommentar):

(könnte z.B. lauten): „Deine These wird von Prof. XYZ von der Universität „Irgendwaswichtiges" in seiner Studie „irgendwieverflixtunwichtigabertrotzdemweißjederklugscheisserdrübe rbescheid" umfassend widerlegt! Du Nixblicker!"

(oder alternativ könnte folgender Kommentar erfolgen):

„Ey Alda! Komm runter und chill ma´ Deine Base! Du Nixblicker!"

Drei Pipi-Tropfen: „Gefällt mir"

Zwei Pipi-Tropfen: „Wow“

Ein Pipi-Tropfen: „Wütend“

Da Frollein Amy begeistertes Mitglied in der Social-Media-Szene ist, kann man sich bei einem Spaziergang mit ihr auf eines mit relativer Sicherheit verlassen: Jeder(!) Grashalm und jedes(!) Blümchen muss(!) auf die neuesten Nachrichten untersucht werden. (Die freundlichen Hinweise von Frau B., dass dieses weder notwendig noch zeitlich möglich ist, führen dementsprechend regelmäßig zu leidlichen Diskussionen, denn selbstverständlich ist Frollein Amy der festen Überzeugung, dass man als modernes Hundefrollein immer(!) umfassend informiert sein muss!

So macht sich also Frollein Amy jeden Tag aufs Neue daran die neuesten Lokal-Nachrichten und Klatschspalten aus ihrem Viertel zu checken und zu kommentieren. Man stelle sich bitte mal die Arbeit vor! Das alleine ist ja schon ein ausfüllender Vollzeit-Job…

Aber man muss natürlich auch hinsichtlich des Weltgeschehens auf dem Laufenden bleiben und so patrouillieren Frau B. und Frollein Amy auch hin und wieder in anderen Vierteln.

Nachrichten aus aller Welt – Blümchen

Lokalnachrichten des Viertels - Grashalme

Klatschspalten – Erdhaufen/Zweige

Und dann dies… Frau B. schleppt das Frollein Amy AUF DIE INSEL MAINAU!!!!! Voller Blumen! Voller Grashalme! Voller Erdhügelchen!

Könnt Ihr Euch DEN Blick vorstellen, den Frollein Amy Frau B. zugeworfen hat ??? – Im Angesicht DIESER Bibliothek??? Der besagte: „Wie! Soll! Ich! DAS!!! Schaffen????“

Mit einem abgrundtiefen Seufzer wollte sich Frollein Amy an die Arbeit machen… und Frau B. beeilte sich panisch, Frollein Amy zu erklären, dassg LESEN reicht! Und die Kommentarfunktion für diese Bibliothek AUSGESCHALTET sei!

Wieviel Erfolg Frau B. damit hatte und wie vehement Frollein Amy auf ihr Recht der freien Meinungsäußerung bestand… darüber schreiben wir hier lieber nicht…

## Gefährliches Spatzwandern…

Und es begab sich eines schönes Frühlingstages, als Frau B. und Frollein Mimi gemächlich durch die Weinberge lustwandelten.

Während Frau B. sich überlegte, wieviel des köstlichen Kaiserstühler Rebensaftes es in diesem Jahr wohl gebe, und in Gedanken schon weinselige Telefonabende mit ihren Freundinnen Frau Bö und Frau Rö plante, tänzelte Frollein Amy frohlockend durch das Gras und erfreute sich an einer – offensichtlich angetrunkenen – Hummel.

Plötzlich geschah es! Das Hundefrollein tat einen riesigen Satz nach links, machte eine Kehrtwendung, klemmte ihren Schwenni so ein, dass die Spitze fast an der Nase wieder rausschaute und im Schweinsgalopp düste sie fiepsend auf Frau B. zu: „Frauchendawarwasdawarwasdawarwas!!! Machdaswegsofortundaufstelle! Jetztjetztjetztjetzt!"

Frau B. erbleichte und überlegte angestrengt, welches Monster sich hinter den Grasbüscheln verstecken könnte…Schlange…Krokodil…Drache?

Kurz besprachen Frollein Amy und Frauchen, ob man den Weg fortsetzen oder doch lieber den 2 km-Umweg gen Heim antreten solle. Die Hundedame war ganz eindeutig und unbedingt für den kurzen Umweg. Sie wies sachlich darauf hin, dass die Gesundheit wichtiger sei und sie auch nicht über die entsprechende Bewaffnung verfüge, um ihr Frauchen ordnungsgemäß zu verteidigen.

Frau B. aber hatte ihr inneres Supergirl entdeckt (ok, evtl. war es auch ihr inneres Faultier – wer weiß das schon, die beiden sehen sich einfach zu ähnlich), befand, dass die gut gefüllte Kacktüte in ihrer Hand durchaus eine geeignete Waffe im Einsatz gegen einen Schlangenkrokodildrachen sei, und schlich auf Zehenspitzen – die Kacktüte im Anschlag – auf das gefährliche Grasbüschel zu. Dicht gefolgt von Frollein Amy, die immer wieder mal hinter den Knien von Frau B. hervorlugte und ihr Frauchen cheerleadermäßig anfeuerte.

Und dann: Ein lautes, empörtes Gequietsche aus dem Grasbüschel. Ein schriller Schrei von Superwomen, aka Frau B. gefolgt von einem Riesensatz nach hinten, währenddessen Frau B. vor lauter Schreck die – immer noch gut gefüllte – Kacktüte in die Luft warf und nur durch die Landung auf ihrem Hinterteil der Schietbombe entging – die sonst mit Sicherheit auf Frau B.s Kopf gelandet wäre.

Frollein Amy wurde während dessen von einer höchst empörten Feldmaus ausgeschimpft, die wütend auf das Infektionsschutzgesetz hinwies und erbost fragte, ob man im Hause B. noch nie etwas von Social Distancing gehört hätte! Und überhaupt sollten die beiden Damen gefälligst mit ihren dicken Hintern zu Hause bleiben! Im Hause Maus achte man sehr auf die Einhaltung der Verordnungen und Familie B. solle sich in Grund und Boden schämen! Und überhaupt trampele man nicht auf den Häusern fremder Leute und schon gar nicht ohne Gesichtsmaske!

Morgen hören wir vermutlich von ihrem Anwalt…

## Aus Frau B. aus F. wird Frau W. aus S.

jetzt ist es offiziell… Frau B. aus F. ist nun Frau W. aus S.

Wie es dazu kommen konnte? Prinzessin Nala natürlich!

Es begab sich so: Eines Tages lernte Frau B. aus. F. im Internet nicht nur Intimpiercingbesitzer (mit dem Bedürfnis das Ergebnis ihrer Vorlieben per Bild zu teilen) und bedürftige Männer (biete 150 EUR für Love mit Kondom) sowie überlastete Väter (ich habe vier Kinder und bin alleinerziehend… nein, nein, es macht mir nichts aus, dass Du 15 Jahre älter bist als ich, dann bist Du wenigstens belastbar) kennen. Oh und nicht zu vergessen die „Ich-Dich-lieben-Du-hübsch-Alter-kein-Problem-wollen-mich-heiraten".

Für Frau B. war schnell klar, dass ihr Kontakt-Bild, auf dem man sie mit ihrem Araber „Missjö Amoun" sah, ganz klar folgende Botschaft übermittelte:

„Blonde Bordsteinschwalbe mit Pferdefimmel und Vorliebe für Intimpiercings sucht… Preis VHB"

Kurz bevor also Frau B. ihren PC verbrennen und als Entwicklungshelferin nach Kanuftistan fliehen konnte, meldete sich ein Herr W. aus F. und tat sehr höflich… und versicherte, dass er das Axtmördergeschäft aufgegeben hätte… Selbstverständlich glaubte ihm Frau B. – und tatsächlich, er war und ist (noch) kein Axtmörder. An der Höflichkeit arbeiten wir noch…

Und da Frau B. ja auch nicht mehr die Jüngste ist… und man in diesem Alter ja auch ein bisschen Gas geben muss… bevor die weitere Partnersuche damit beginnt, dass man das Modell der Rollatoren miteinander vergleicht… beschloss Frau B., dass Herr W. ab jetzt ihr gehöre.

Herr W. hat sich natürlich vehement gewehrt… gegen eine längere Wartezeit, und so vergingen nur wenige Wochen, bis er vor Frau B. auf ein Knie fiel und fragte: „Lieber Schatz möchtest Du m…" und just in diesem Moment sprang Nala auf sein Knie und trällerte laut ein „MIAUUUUUUUUUUuuuuuuuuuhuuuu". Damit war alles g´schwätzt, und die Hochzeitsvorbereitungen konnten starten. Die zunächst einmal darin bestanden, dass Herr W. und Frau B. sich überhaupt einmal scheiden ließen. Man kann also sagen: „Sie waren von Anfang an verheiratet… nur nicht miteinander

Aber am 4.6.2021 war es dann soweit – Herr W. und Frau B. waren ordnungsgemäß „entheiratet" und konnten sich so auf ein Neues in das Eheleben stürzen.

Mit allem Drum und Dran… Angst um das Brautkleid. Ordnungsgemäßem Junggesellinnenabschied. Und einem höchst abwechslungsreichen Hochzeitstag.

Aber dies ist eine andere Geschichte, die vielleicht noch erzählt wird.

## Mallorca. Weltweit erste Gründung einer „Selbsthilfegruppe für getretene Fische"

Wie es dazu kommen konnte? Frau W. weiß natürlich von nix. Und Herr W. – selbst leidenschaftlicher „Fischflipper-Spieler" (das behaupten jedenfalls anonyme Zeugen) weiß auch von nix. Gar nix. Nie nich`…

Jedenfalls berichtete Frieda, die Flunder, von töffeligen Nilpferdmenschen, die einfach auf die draufgelatscht seien, als sie einen höchst erbaulichen Mittagsschlaf, eingegraben im Sand hielt. Von einem noch nie dagewesenen Gequieke und tausend Entschuldigungen berichtete die Flunder ebenfalls. Aber für Entschuldigungen bekäme sie ihre antrainierte Hummelhüfte auch nicht wieder. Jetzt sehe sie wieder aus wie jede daher geschwommene Flunder und könne ihre Kariere als Showgirl an den Nagel hängen.

Ein ähnliches Schicksal ereignete Karl den Kabeljau. Auch er geriet unter einen trampeligen Blondinenfuß, auch ihm wurden die Kiemen fast weggequiekt, und auch er kann sich von den tausend Entschuldigungen, die ihm hinterher gerufen wurden, nichts kaufen. Denn Karl war Türschwimmer in einer angesagten Sardinen-Bar und stolz auf seine breiten Schultern. Jetzt überlegt er, ob er auf das Business von Frieda Flunder umschult, denn von seiner stattlichen Figur, die jetzt der einer Flunder nahekommt, ist lediglich die Hummelhüfte übriggeblieben.

Die anderen Getretenen der Gruppe wollten lieber anonym bleiben.

Man munkelt, dass Frau W. aus S. jetzt das mallorquinische Meer nicht mehr betreten will… Von „Angst vor Schadenersatz-Forderungen“ ist die Rede. Auch hätten sich eine Horde Möwen – bekanntlich der Rocker-Club der Gegend um das Hotel – vor dem Zimmer von Familie W. versammelt. (Mit „sie hören von meinem Anwalt" hält man sich auf Malle ja nicht auf), stattdessen greift man gleich auf „100 Jahre Knast“ zurück.

Ein Zusammenhang zwischen den beiden Vorkommnissen besteht selbstverständlich nicht.

Alle Namen sind erfunden und haben mit realen ozeanischen Persönlichkeiten nix zu tun.

## Fienchen zieht ein

Dürfen wir vorstellen: Josefine W., genannt Fienchen, das neueste Mitglied der Familie W. aus S.

Inzwischen haben Herr und Frau W. bereits die dritte Welpen-Nacht überlebt. Ganz knapp… also gerade so…

Nacht 1.:

Die Schlafpositionen wechseln zwischen… Vor dem Hundebettchen… unter dem Bett von Herrn und Frau W. … vor dem Bett von Herrn und Frau W. …. auf dem Kopf von Herrn W. … über dem Kopf von Frau W. … auf dem Hals von Herrn W. … auf den Füßen von Frau W. … zwischen Herrn und Frau W. … Zwischendurch zweimal die Ansage: „Man möge mich schleunigst aus dem Bette bringen, sonst könnte es geringfügig feucht werden…" Da Herr und Frau W. einigermaßen stubenrein sind, haben sie den Welpen auch brav auf die Wiese gebracht, wo dann das „Pfützchen" erledigt wurde.

Um kurz nach fünf in der Früh war dann die Welpen-Nacht beendet… gottseidank ist Herr W. ein Frühaufsteher und konnte so zur Animation beitragen. Währenddessen lag Frau W. noch reichlich komatös im Bett und träumte von Welpenwindeln und „Power-Off-Knöpfen" an Hundepopos.

Nacht 2.:

Die Schlafposition wechselte zwischen: ...Im Hundebettchen... vor dem Hundebettchen... auf dem Kopf von Herrn W. ..., auf dem Gesicht von Frau W. ... vor dem Bett von Herrn und Frau W. ... unter dem Bett von Herrn und vor W. ... im Hundbettchen... vor dem Spiegel des Kleiderschrankes – wobei dem Hundegör auf der anderen Seite des Spiegels noch kurz Bescheid gesagt wurde, dass jetzt Schlafenszeit ist. Aber zackich! (Und das unhöfliche Tier im Spiegel hat nicht mal geantwortet!).

Zwischendurch dreimal Pfützchen-Kacka-Party und einmal musste der Plüschteddy ausgeschimpft werden, weil er sich unmöglich benommen hat. (Was genau das Ding angestellt hat, ist uns noch nicht bekannt, aber die Standpauke – nachts um zwei – war sehr ausdrücklich, ausführlich und deutlich.)

Diesmal war die Welpen-Nacht gnädigerweise um sieben Uhr morgens zu Ende, und Frau W. hat den Welpen – quasi noch im Tiefschlaf – für ein Pfützchen auf die Wiese gebracht. Da diese noch reichlich feucht war, zog es Fienchen vor, das große Geschäft auf dem neuen Teppich der Familie W. zu erledigen.

Gegen 11 Uhr wurde Frau W. noch einmal von einem komatösem Zustand heimgesucht und fiel wieder ins Bett. Natürlich mit Fienchen im Arm und der Lesebrille auf der Nase.

Nacht 3.:

Die Schlafpositionen? Siehe Nacht 1. Pfützchen? Als Frau W. selber ein solchen Bedürfnis verspürte und Fienchen überzeugen wollte, sie nach draußen zu begleiten, bekam sie einen empörten Blick zugeworfen und Frollein Fienchen wechselte ihre derzeitige Position demonstrativ auf den Hals, beziehungsweise auf das Gesicht von Herrn W. Um den Ehefrieden nicht zu gefährden, sah Frau W. von weiteren unangemessenen Anfragen ab und so konnte eine einigermaßen ruhige Nacht verbracht werden. Als Herr W. zur Arbeit aufbrach, wurde noch eine Pfützchen-Party im Garten erledigt und dann noch ein bisschen weiter geschlafen. Auf dem Ohr von Frau W., wo man dann offensichtlich von einer erfolgreichen Hüte-Aktion träumte, bei der viel gelaufen und gebellt wurde.

## Ja ja… das Allgäu is´scheeee… oder so…

Da begab es sich doch eines Tages so, dass Herr W. seiner angeheirateten Holden vom Allgäu und der körperlichen Ertüchtigung namens „Wanderung“ vorschwärmte.

Frau W. – ihrerseits doch recht skeptisch – erklärte sich zu einem Tagesausflug ins schöne Allgäu bereit, köderte ihr werter Gatte sie doch mit einer zünftigen Brotzeit auf einer der Alpen.

Gesagt – getan, und so wurde ein Rucksack gepackt, in dem sich natürlich auch ausreichend viele Leckerlies für klein Fienchen befanden.

Selbstnatürlich hatte Herr W. auch eine entsprechende Route herausgesucht… die selbstnatürlich ganz leicht sei… ja… nee … is klar…

Stellen wir uns also folgende Situation vor:

Eine moppelige Norddeutsche wird ins Allgäu geschleppt. Damit wäre das Problem eigentlich schon umfänglich beschrieben, aber betrachten wir die Situation noch ein wenig genauer…

Das, was Herr W. als „anfängertaugliche“ Route herausgesucht hatte, befand sich auf über 1000 Höhenmetern. Und nicht nur das, der „anfängertaugliche Wanderweg“ sollte noch etliche Höhenmeter dazugewinnen. Nun gut, jetzt sollte man als vernunftbegabter Mensch vielleicht davon ausgehen, dass es im Allgäu bergig ist. Und dass eine Wanderung im Allgäu tendenziell auch „bergauf" bedeutet. Aber all das wollte Frau W. nicht mehr hören, als nach einer 15 minütigen... na gut 10 minütigen... ok, ok... 5 minütigen Bergauf-Strecke sich ein Toffifee von Frau W`s Hüfte meldete: „Hallooohooooo... naaaaaa? Kannst Du Dich noch an mich erinnern? Hmmmm? Jahaa, ganau! Damals, als Du dschörmeniesnäxttobbtrottel geschaut und dabei mich und meine Kumpels in Fließbandmanier in Deinen Mund geschoben hast?"

Frau W. – nicht in der Lage, verbal zu antworten – schnaufte lediglich vor sich hin, als kurze Zeit später sich auch die Tüte Chips zu Wort vom Hinterteil der Frau W. meldete: „Ehrlich? So nen Schrott hat sie geguckt? Mich hat sie wenigstens während des Genusses eines Hörbuchs inhaliert." Noch ein empörtes Schnaufen von Frau W. ‚und schon meldete sich die Gummibärenfraktion zu Wort: „Ist doch alles totaler Quatsch. Die wahren Opfer hier sind wir! Wir schwabbeln hier am Bauch rum! Hat das mal einer von Euch probiert? NICHT WITZIG!"

Und Frau W.? Die schnaufte einfach weiter vor sich hin, während ihr Gesicht eine bedenkliche Farbe annahm, vergleichbar mit einer Roten Beete etwa.

Jetzt mal ganz ehrlich. Findet Ihr es nicht auch unverantwortlich, ein Nordlicht ohne Sauerstoffzelt auf so ein Abenteuer zu schicken?

ABER DANN! Dann kam DER Moment! Familie W. stand an einer Wegkreuzung, und Herr W. verkündete euphorisch: „Schau mal Schatzi, jetzt noch eine halbe Stunde da rauf, dann können wir in eine Alpe einkehren.“ Frau W. ihrerseits schaute den Weg mit den Serpentinen hoch,–für den es eigentlich eine Sicherung mittels Klettergurt hätte geben müssen, schaute auf den Hund, schaute wieder auf den Weg und verkündete voller ernst: „Fienchen!!! Fienchen ist noch vieeeeeeeeel zu klein für so einen langen Spaziergang!!!“ Herr W. schaute auf Fienchen, die die Pause sehr genoss und im Grass liegend versuchte, eine der Fliegen zu fangen.

„Und wenn wir jetzt eine längere Pause machen und dann weiter gehen?“ , fragte Herr W. vorsichtig. Aber es nützte alles nichts, Frau W. wies immer wieder darauf hin, dass der arme kleine Hund nicht so lange laufen dürfe… wg. der Gelenke und so…

Fienchen – inzwischen gelangweilt vom Fliegenfangen legte währenddessen eine Speedy-Gonzales-Runde ein.

Selbstverständlich beharrte Frau W. – als verantwortungsbewusste Hunde-Mama – darauf, dass die Wanderung SOFORT abzubrechen wäre.

Man machte sich also auf den Rückweg und kehrte dann doch noch in eine Alpe ein, um eine zünftige Brotzeit einzunehmen.

Chips, Toffifees und Gummibärchen beschwerten sich über die neuen Mitbewohner in Frau W´s Speckgürtel und beantragten eine Anbaugenehmigung.

## Fienchen die Zweite

Schauen wir doch mal, wie es so in S. inzwischen so aussieht… Eines ist sicher: Es sieht völlig anders aus.

Frollein Fienchen hat sich zunächst an die Umgestaltung des Gartens der Familie gemacht und für die nötigen Erdkühlschränke gesorgt. Denn, sind wir mal ehrlich: Wo soll denn das Hundefutter fachgerecht gelagert werden, wenn nicht in passenden Löchern im – gerade nachgesätem und spärlich gewachsenen – Rasen der Familie W.? Eben genau deshalb, hat Frollein Fienchen sich an die Arbeit gemacht und für die entsprechende Installation gesorgt… was sind wir nicht froh… was sind wir NICHT froh…

Und natürlich – es wäre ja nicht Frau W. , wenn es nicht auf diese Art gelaufen wäre – sah das Ganze so aus, dass Frau W. gründlich die hellen Fliesen ihrer Terrasse geschrubbt hat, während Frollein Fienchen sich an die Kühlschrank-Installation gemacht hat. Und selbstnatürlich war es so, dass Frau W. geschrubbt und geflucht hat, während Frollein Fienchen die überschüssige Erde aus ihrer Installation direkt auf die noch feuchte Terrasse geschippt hat. Der Nachteil eines waschlappengroßen Gartens eben. Aber – und so gehört es sich für eine kompetente Kühlschrank-Installateurin – hat sich Frollein Fienchen von den unflätigen Flüchen ihres Frauchens ü b e r h a u p t nicht irritieren und ablenken lassen. Und wie es sich für eine brave Angestellte gehört, hat Frau W. ihre Arbeit zunächst eingestellt und der Chefin den Vorrang gelassen.

Auch die Dekoration - des im Übrigen von allein Seiten einsehbaren Gartens– hat sich inzwischen gravierend verändert. Nicht nur; dass das waschlappengroße Rasenstückchen jetzt zwei dekorative Löcher ... Entschuldigung „Erdkühlschränke“ hat, es werden auch dekorativ Gegenstände darauf drapiert. Diverses Hundespielzeug, Schuhe, angenagte Knochen, Socken und die zeltgroßen Unterhosen von Frau W.

Fast jeden Tag sieht man eine hysterisch quietschende Frau W. hinter einem süßen Welpen hinterherrennen und „NEINAUSLASSDASGIBSOOOOFOOORTFRAUCHENSUNTERHOSEZURÜCK!!!“ Frollein Fienchen versteht dieses Verhalten selbstverständlich als das; was es ist: Ein super lustiges Spiel. Selbstverständlich. Denn was soll denn sonst die angemessene Reaktion auf den spielerischen Diebstahl einer Unterhose aus dem Wäschekorb sein? Ganz genau.

Nicht ganz sicher sind wir uns allerdings, ob Frollein Fienchens Intention nicht auch noch eine andere ist. Möglich wäre auch, dass sie den Nachbarn die Bauchweg-Omma-Schlüpper von Frauchen zeigen möchte; um Unterstützung für ein entsprechendes Umstyling zu bekommen. Vielleicht sind die Prospekte von Campingzubehör-Händlern ein dezenter Hinweis darauf, dass so ein Ein-Mann-Zelt im Falle von Frau W. durchaus kleidsam wäre.

Aber unerwähnt sollte auch nicht bleiben, dass die Umgestaltung der Wohnung von Familie W. weiter fortgeschritten ist. Inzwischen sind alle überflüssigen Teppiche aus der Wohnung verschwunden... (ok, scheinbar warEN ALLE Teppiche überflüssig). Und „flüssig“ war auch genau das Thema der Umgestaltung. Nun... irgendwo müssen überflüssige Körperflüssigkeiten eines Welpen ja bleiben; und so konnte Frollein Fienchen zwei Fliegen mit einer Klappe verhauen.

Woran sich Frau W. auch jeden Tag erfreuen kann, sind die vielen Papierschnipsel, die den Boden irgendeines Zimmers der Wohnung bedecken. Frollein Fienchen versichert in diesen Fällen jedes Mal sehr glaubhaft, dass daran eine gewissen Frau Holle schuld sei, die aufgrund des Klima-Wandels auf Papierschnipsel zurückgreifen muss. Dass täglich die eine oder andere Zeitschrift, Tageszeitung etc. verschwindet, hat selbstnatürlich mit der Papierschnee-Dekoration ü b e r h a u p t nix zu tun. So gar nix. So überhaupt gar nix...

## Frollein Fienchen macht Urlaub im Norden

Eines Tages kam Herr W. aus S. auf die glorreiche Idee, dass man den Vater von Frau W. mit einem Besuch beehren könne… man könnte vielleicht auch sagen: Erschrecken könne…

Dies war für Frollein Fienchen der erste Ausflug in den Norden und selbstverständlich hat Frollein Fienchen die lange Autofahrt von sieben Stunden nicht tatenlos verbracht. Erfolgreich täuschte sie Tiefschlaf vor und zerlegte dabei den Reisverschluss und überhaupt den größten Teil der Autoschondecke. Auch die Inneneinrichtung des Firmenwagens von Herrn W. wurde geringfügig angepasst. Überflüssige Knöpfe wurden zum Beispiel deinstalliert.

Endlich im Norden angekommen, ereilte Frau W. dann DER Schock schlechthin! Im Gästezimmer von Herrn B. war ein nagelneuer, wunderbar flauschiger Teppich liebevoll verlegt worden. Frau W. warf Frollein Fienchen einen panischen Blick zu und hielt dem Plüschpups einen mehrminütigen Vortrag über die bereits erreichte Stufe der Stubenreinheit und, dass die Fellschlumpfine sich auf GAR! KEINEN! VERFLIXTEN! FALL! einfallen lassen solle, die Flauschzone im Gästezimmer mit einem Hundeklo zu verwechseln.

Jetzt muss man bedenken, dass Frollein Fienchen mit ihren sechs Monaten ungefähr die Aufmerksamkeitsspanne einer Grasmücke hat und außerdem permanent am falschen Fleck steht (musst Dich mal hier hin stellen Frauchen, da verstehste echt kein Wort – dies inklusive treuherzigem Blick). Also hatte Frau W. eine äußerst unruhige Nacht und wurde von Träumen geplagt, in denen sie einen elefantösen Hundehaufen nach dem anderen vom Flauscheteppich schippen musste.

Nun war die erste Nacht überstanden und Frollein Fienchen erleichterte sich wohlerzogen lediglich im Garten von Herrn B., den man getrost mit einem unerforschten Dschungel-Gebiet am Amazonas vergleichen kann. (Wir sind auch nicht ganz sicher, ob in dem kleinen Reihenhausgarten von Herrn B. nicht noch irgendeine eigentlich ausgestorbene Spezies lebt…)

Tagsüber versuchte man, sich mit den norddeutschen Hunden zu verständigen, was ziemlich gut funktionierte. Zwischendurch machte man die Wesermarsch unsicher und testete das Weserwasser auf Trink- und Badequalität. So einigermaßen zufrieden gestellt – hatte man doch seine Menschen relativ gut ausgelastet – ging es wieder zu Bett. Dieses Mal war Frau W. um einiges ruhiger und schlief tief und fest, bis sie von einem empörten „Ich glaub ich spinne!" geweckt wurde.

Ein Blick zu Herrn W. rüber, wurde von Frollein Fienchen versperrt, die sich klammheimlich ins Bett geschlichen und ins „Grübchen" gekuschelt hatte. Nach eigener Aussage, wurde Herr W. davon wach, dass er sich wunderte, dass seine Gattin doch reichlich anhänglich wurde und auch sehr unruhig schlief. Herr W. erklärte, dass er versucht habe, ein bisschen persönlichen Freiraum zu erlangen, indem er immer wieder vorsichtig von seiner Bettgenossin abrückte, dass diese aber einfach nachrobbte. Als Herr W. dann entschied, dass er doch nicht ganz so gern neben dem Bett schlafen wolle, versuchte er – immer noch im Glauben seine Angetraute neben sich zu haben – diese von sich zu schieben. Dies alles im Halbschlaf, doch auch in halb weggedämmertem Zustand wurde ihm bewusst, dass Frau W. kein seidiges Ganzkörper-Fell-Kostüm trägt.

Plötzlich hellwach bemühte Herr W. die Nachtischlampe und fand neben sich Frollein Fienchen, wohlig auf dem Rücken liegend und grunzend.

Nachdem sich die erste Empörung über Frau W`s Lachanfall gelegt hatte, entfernte Herr W. die illegale Bettbesetzerin aus der Schlafstatt und setzte sie auf dem Kuschelteppich ab.

Wir gehen davon aus, dass Frollein Fienchen hätte sie denn ein Handy zur Hand gehabt – ohne Umschweife den örtlichen Tierschutzverein informiert hätte.

Der arme, arme Hund! In diesem ungemütlichen Zimmer! Auf einem Kuschelteppich, in dem ihre Pfoten so weit einsanken, dass man sie nicht sehen konnte! Musste sie sich doch in ihr warmes, kuscheliges Körbchen legen! Man stelle sich DAS bitte einmal vor!

Der nächste Tag brach an und Frollein Fienchen tobte sich gründlich aus, aber offensichtlich tat sie sich zu sehr am Weserwasser gütlich… denn… Naaaa? Ahnt Ihr es schon? Genau. Die kommende Nacht wurde wieder unterbrochen. Zunächst einmal wies Frollein Fienchen darauf hin, dass sie dringend Flüssigkeit loswerden müsse. Aber nicht im Garten, dort wäre es ihr nicht geheuer. Also schlüpfte Frau W. um zwei Uhr morgens verkehrt herum in ihre Jogginghose, zog die Schuhe von Herrn W. an (Schuhgröße 38 vs 46… das kann man schon mal verwechseln) und schlappte mit Frollein Fienchen zum nächsten Baum. Der war aber nicht gut genug. Also ging es weiter auf das nächste Grasstück. Das war aber auch nicht passend. Also weiter zum nächsten… und dann wieder zurück. Schlussendlich entschied sich die Plüschprinzessin dann für den Baum.

Wieder im Bett angekommen, schlummerte Frau W. gerade selig ein, als sie unvermittelt ein so übler Geruch traf, dass sie zunächst einen ABC-Angriff von feindlichen außerirdischen Mächten vermutete… natürlich wurde ihr schnell klar, dass dies eine völlig verrückte Vorstellung war. Natürlich war die einzig vernünftige Erklärung, dass jemand ein totes Tier in das Gästezimmer geschleppt hatte. Ein Tier, das schon sehr, sehr lange tot war. Schon sehr, sehr, seeeeeeehr lange.

Frau W. verließ also wieder das Bett, um dem armen toten Tier eine ordentliche Bestattung zukommen zu lassen. Leider war nur kein totes Tier zu sehen. Lediglich eines, das völlig entspannt und zufrieden mufzend in seinem Körbchen schnarchte.

Also ging Frau W. weiter auf die Suche, die auch umgehend erfolgreich war. Das tote Tier lag in Pfützen auf dem kuscheligen, neuen, liebevoll verlegten Teppich. In braunen Pfützen. Eine hatte Frau W´s linker Fuß gefunden. Auf einem Bein hüpfend und wirklich bösartig vor sich hin fluchend und von russischen Tierheimen für fiese, miese kleine Aussies phantasierend weckte Frau W. Herrn W.

Die nächste Stunde schlichen Herr und Frau W. treppauf und treppab durch das Haus und bearbeiteten den Teppich mit allen möglichen verfügbaren Putzmitteln. Schließlich und endlich musste Herr W. Frau W. daran hindern auch noch den Toilettenreiniger zu bemühen.

Voller schlechten Gewissens rutschte Frau W. quasi unter der geschlossenen Tür durch, um bei Herrn B. eine Beichte abzulegen. Zwar war der Teppich flecken- und geruchsfrei, aber natürlich ist das Geschrubbe nicht folgenfrei an dem Teppich vorbei gegangen, und so gibt es jetzt als Andenken an Frollein Fienchens Flitzekackeanfall einige leicht platt und filzig geschrubbte Stellen.

Herr B. trug das Dilemma mit Fassung und fasste den Beschluss, dass er seiner Lebensgefährtin – die den Teppich liebevoll verlegt hatte – das Missgeschick des Hundes verschweigen würde.

Stattdessen wolle er erzählen, dass die Billig-Windeln von Frau W. versagt hätten, und es so zu einem… oder zwei… bwz. eher drei Malheuren gekommen wäre.

Doch nee, wirklich voll in echt… wir lieben unser Fienchen-Stinkbombe.

## Und zu guter Letzt: Das Dankeschön…

Natürlich sind weder die Geschichten, noch das daraus resultierende „Projekt Buch" möglich ohne entsprechende Unterstützung.

Aber ganz besonderer Dank gilt in dieser Sache meinem Vater - Manfred Brodt -, der sich die Mühe gemacht hat ungefähr ein Kilo Kommata an die richtigen Stellen im Buch zu werfen und auf der anderen Seite ein paar überflüssige … oder „nach Gefühl falsch gesetzte" wieder wegzunehmen. Wenn man dann noch bedenkt, dass er sich eigentlich mit wirklich intellektuellen Texten und Themen auseinandersetzt, bin ich um so dankbarer, dass er sich die Mühe gemacht hat, dieses Buch lesbar zu machen.

Nicht nur das: Ich kann guten Gewissens behaupten, dass ich alles über die Schreiberei von ihm gelernt habe. Während der Schulzeit, wie auch während meines kurzen Ausflugs in die freie Mitarbeit bei einer Lokalzeitung, war er mir ein strenger und guter Lehrer.

Ein weiterer Dank gilt natürlich meinem Mann, der – egal bei welchem Projekt – immer 100% hinter mir steht. Nicht nur das – er korrigiert, kritisiert, arbeitet sich als überzeugter „Linux-Mensch" mir zuliebe in MS-Programme ein und hat u.a. überhaupt dafür gesorgt, dass Manfred die technischen Möglichkeiten hatte, die Geschichten zu lesen und zu korrigieren. Ohne ihn wäre hier vieles nicht möglich und ich bin unendlich dankbar dafür, dass er meine „Tierverrücktheit" so unterstützt.

Und zu guter Letzt möchte ich mich bei Jenny Faller, Benny Schurrer, Svend Mahret, meinen beiden besten Freundinnen – Rebecca Börnsen und Daniela Röske - und Thorsten Barhofer bedanken.

Jenny und Benny durften die Geschichten immer zeitnah genießen und Benny

hat als Hobby-Fotograf einige der Bilder hier beigesteuert. Beide sind wirklich ganz besondere Menschen.

Jeder Mensch braucht eine verrückte Freundin, die mit einem die schönen und die schlimmen Zeiten durchmacht und einen wieder auf die Beine stellt, wenn es nötig ist. Ich habe mit Dani und Rebecca das Glück, zwei solcher Menschen in meinem Leben zu haben.

Thorsten Barhofer hat mich häufig mit dem notwendigen PC-Material versorgt und hat als „Herr B. aus F." auch den einen oder anderen Gastauftritt. Der beste Ex-Mann der Welt, der mit seiner Lebensgefährtin inzwischen auch einen kleinen Zoo angesammelt hat.

Svend war derjenige, der mich eigentlich wirklich in Richtung Buch gepusht hat – auch wenn ihm das vielleicht nicht bewusst ist ;o) Er hat als Erster dafür gesorgt, dass ich überhaupt den Mut zu einem „Buchgedanken" gefasst habe. Dafür muss man wissen, dass wir uns ausschließlich „virtuell“ kennen und dass er, seine Lebensgefährtin und ich uns erstmals so um das Jahr 2001 in einem Hundeforum begegnet sind. Seitdem kennen die beiden meine Geschichtchen und haben dafür gesorgt, dass ich dieses Hobby weiter verfolge.

Es gibt noch so viele besondere Menschen in meinem Leben, die mich bestärkt haben, dieses Buchprojekt zu wagen, leider kann ich nicht alle aufzählen. Aber ich bin wirklich gesegnet mit tollen Menschen in meinem Leben.

Printed in Great Britain
by Amazon